Bonne fête Benjamin!

D'après un épisode de la série télévisée *Benjamin*
produite par Nelvana Limited, Neurones France s.a.r.l.
et Neurones Luxembourg S.A.

Basé sur les livres *Benjamin* de Paulette Bourgeois et Brenda Clark.
Adaptation du livre, d'après la série télévisée, écrite par Sharon Jennings
et illustrée par Sean Jeffrey, Mark Koren et Jelena Sisic.
D'après le scénario télé *Le goûter d'anniversaire de Benjamin*,
écrit par Frank Diteljan.

Benjamin est la marque déposée de Kids Can Press Ltd.
Le personnage Benjamin a été créé par Paulette Bourgeois et Brenda Clark.

Données de catalogage avant publication de la Bibliothèque nationale du Canada
Jennings, Sharon
  [Franklin's birthday party. Français]
  Bonne fête Benjamin!
(Une histoire TV Benjamin)
Basée sur les personnages créés par Paulette Bourgeois et Brenda Clark.
Traduction de : Franklin's birthday party.
ISBN 0-439-98647-8
I. Jeffrey, Sean.II. Koren, Mark. III. Sisix, Jelena. IV. Bourgeois, Paulette.
V. Clark, Brenda. VI. Titre. VII. Collection : Histoire TV Benjamin.
PS8569.E5663F3314 2001   jC813'.54   C2001-930065-4
PZ23.j429Bo 2001

Édition publiée par Les éditions Scholastic, 175 Hillmount Road,
Markham (Ontario) L6C 1Z7 avec la permission de Kids Can Press Ltd.

5 4 3 2 1   Imprimé à Hong-Kong   01 02 03 04

Bonne fête Benjamin!

*Basé sur les personnages créés
par Paulette Bourgeois et Brenda Clark*

Les éditions Scholastic

Benjamin sait compter par deux et nouer ses lacets.
Il connaît les jours de la semaine et les mois
de l'année. Bientôt ce sera son anniversaire et
Benjamin compte les jours : cette année,
il veut la plus belle des fêtes!

Benjamin regarde les photos de l'album de famille.

— L'année dernière, nous avons fait une chasse au trésor pour ma fête, dit-il. Et l'année d'avant, nous étions costumés.

— Que veux-tu faire cette année, lui demande sa maman.

— Je ne sais pas trop, répond Benjamin. Mais il faut que ce soit la plus belle fête de toutes les fêtes.

Le lendemain, Benjamin invite tous ses amis pour sa fête.

— Qu'est-ce que nous ferons? demande Martin.

— Je ne sais pas encore, répond Benjamin. Mais ce sera quelque chose de super amusant!

Tout le monde a plein d'idées.

— On pourrait jouer au golf miniature, dit Arnaud.

— Ou aux boules, suggère Raffin.

— Aller aux glissoires d'eau, ce serait amusant, dit Béatrice.

— Moi, j'aime mieux les pistolets à eau, ajoute Odile.

Benjamin trouve que ce sont toutes de bonnes idées.

— Mais tu dois choisir, Benjamin, insiste Lili. Tu ne peux pas tout faire.

Benjamin réfléchit un petit moment.

— On peut, si on va au parc d'attractions! répond-il. Il y a tout ça là-bas!

Tout le monde est excité.

Benjamin court à la maison pour annoncer la bonne nouvelle à ses parents.

— C'est vrai, aller au parc d'attractions serait vraiment amusant, dit son papa.

— Et j'ai déjà invité tout le monde! s'écrie Benjamin.

— Oh là là! dit sa maman.

Les parents de Benjamin lui expliquent la situation.

— Le prix d'entrée au parc d'attractions est très cher, Benjamin, dit son papa. Nous ne pouvons emmener que deux de tes amis.

Benjamin est bien déçu.

Sa maman le prend dans ses bras.

— Je suis certaine que tes autres amis comprendront, dit-elle.

Mais Benjamin n'en est pas si sûr.

Cette journée-là, Benjamin ne retourne pas jouer avec ses amis. Il reste dans sa chambre à penser à sa fête. Il voulait vraiment aller au parc d'attractions. Mais comment choisir seulement deux amis? Que dire aux autres?

Benjamin soupire. Cela n'allait pas être sa plus belle fête, après tout.

Au souper, Benjamin dit à ses parents qu'il veut que tous ses amis viennent pour sa fête.

— Tous tes amis peuvent venir si tu as ta fête dans la cour, suggère sa maman.

— Mais il y a tellement de choses à faire au parc d'attractions, dit Benjamin.

— C'est dommage qu'on ne puisse pas apporter le parc d'attractions dans la cour, ajoute son papa en riant.

Soudain, Benjamin a une idée.

— C'est peut-être possible! s'exclame-t-il.

Toute la semaine, Benjamin et ses parents sont très occupés. Ils passent beaucoup de temps dans la cabane du jardin. Ils font des courses chez le quincaillier et au magasin d'accessoires de fête.

Benjamin refuse de dire à quiconque ce qu'ils font.

Le samedi à midi, tous les amis de Benjamin sont là pour sa fête.

— Quand est-ce qu'on y va? demande Martin.

— Eh bien… nous n'y allons pas, répond Benjamin.

— Que veux-tu dire? s'écrie Lili.

Benjamin prend une grande respiration et explique :

— Je voulais que vous veniez tous à ma fête… alors suivez-moi!

Et Benjamin les emmène dans la cour.

— Bienvenue au parc de la Tortue! annonce-t-il.

Tout le monde pousse des cris d'admiration.

Tout l'après-midi, Benjamin
et ses amis jouent au golf
miniature et aux boules.

Ils courent dans l'eau
qui gicle du tuyau
d'arrosage et glissent
dans l'étang.

Ils s'amusent à s'asperger,
et jouent à mettre la queue
sur la tortue. Il y a beaucoup
de jeux, de prix et
de nourriture.

L'heure du gâteau et de la crème glacée est
bientôt arrivée. Tout le monde se réunit autour
de Benjamin pour chanter joyeusement et très
fort « Bonne fête, Benjamin! » Ensuite, Benjamin
ouvre ses cadeaux. Et ils sont tous parfaits!

Quand tous ses amis sont repartis chez eux, Benjamin remercie ses parents.

— Alors, est-ce que ça a été ta plus belle fête? lui demandent-ils.

— Ça, c'est certain! répond Benjamin.

Puis, il ajoute en souriant :

— Jusqu'à l'année prochaine!